Aumaier · wIeNGREDIENZIEN

D1868026

Reinhold Aumaier

wIeNGREDIENZIEN

StadtPoesie
1994 –2005

RITTER LITERATUR

Gedruckt mit freundlicher Unterstützung von:

KULTUR LAND
OBERÖSTERREICH

Amt der oberösterreichischen Landesregierung, Kulturabteilung

ISBN 3-85415-387-2

© 2006 Ritter Verlag, Klagenfurt und Wien
Lektorat: Ralph Klever
Umschlagbild: Reinhold Aumaier
Herstellung: Ritter, Klagenfurt

Ein work in progress mit ausschließlich Zutaten aus Wien.
Eine Stadt-Mit-Schrift. Der Autor war bloß Sammler,
Arrangeur und Dramaturg

bibliothek (bei) walek. am modenapark 6/9. 1030 wien. auszüge

quo vadis
gott in frankreich?
deutsches weidwerk
der titan

die finanzen großer männer
nicht so laut vor jericho

der leopard
das tal der puppen
meine kindheit
odyssee

väter und söhne
vom winde verweht
unter der linde
nach jahr und tag

friedhof. hietzing. von von – bis bis

haschek
conrads
windisch-grätz
kohl

grillparzer
steinseufzer
kreideweiss
berg

Bezirksmuseum Hietzing. Hans Moser-Ausstellung.
Sonntag, 19.6.1994 Matinee

Gestern war i im Theater. Land des Lächelns. Schööön…!
Hans Moser mit Frau Blanca
Begrüßung (der zahlreichen Prominenz; nicht namentlich)
Da erschte Entschluß, dennsd' immer mochst, is glei' guat!
Hans Moser mit Frau Direktor Krone
Da hat a Sämisch-Bock a'ghabt; schau, braune
Sämischschuach hat er a'!
Max Reinhardt an Hans Moser
Auftritt Waltraud Haas, Erwin Strahl
Rudolf Noelte an Hans Moser
Am Klavier Prof. Michael Danzinger
Asta Nielsen an Hans Moser (… Ach welch ein Glück ist es doch, welches *seltene* Glück, einen Künstler, wie Sie, zu erleben!)
Lach a bißl, wein a bißl, lach a bißl, wein…
(Der) Brief an den Führer
Georg Markus über Hans Moser
Blumen, Gedenkmünzen, Rührung, Applaus

Hietzinger Hauptstr. 26.6.'94, kurz nach 14 Uhr.
Auslage. Auswahl...

(die schmelzenden Schokoladetafeln)...
Caillers Chocolat au lait aux amande grilles
& Frigor Chocolat noir fin, d'amandes et de noisettes
sowie Chocolat au lait, fouree a la creme

GALA entcoffeiniert
Der große Schonkaffee statt 61.50 nur 51.50

Damen Freizeitpantolette
Riemensandalette in den aktuellen Sommerfarben
Eduscho Preis 99 S

Großer Brauner 14

Gartenstuhl-Frottier-Schutzbezug
95% Baumwolle 5% Polyester 119 S

Sir Henry's Tea Tassenbeutel 25 Stück nur 11 S

Damen Bigshirt
Mit extravagantem Druckmotiv
modisch saloppe Form (Preisschild verkehrt)

Wendeschürze und 2 Handschuhe
3er Set 119 S
Eduscho Preis

Cotoneaster multiflorus – vielbl. Mispelstrauch; O-Asien
Gleditzia triacanthos – falscher Christusdorn; N-Amerika
Larix kaempferi – japanische Lärche

Taxus baccata – Säuleneibe; Europa
Pinus nigra – Schwarzkiefer; S-Europa, W-Asien
Pinus ponderosa – Gelbkiefer; Westl. USA

Thujopsis dolabrata – Hibalebensbaum
Fraxinus ornus – Blumenesche; S-Europa
Cedrus atlantica – blaue Atlaszeder; N-Afrika

Deutzia scabra – Deutzie; China
Acer monspessulanum – Französischer Ahorn;
Spanien, Kaukasus

Picea breweriana – Mähnenfichte; N-Amerika

Ostrya carpinifolia – Hopfenbuche; S-Europa
Liriodendron tulipifera – Tulpenbaum; N-Amerika
Viburnum x burkwoodii – Schneeball; England

Wiener Zeitung. EXTRA. Freitag 29.7.1994.
Titel & Untertitel. Auswahl

Spielraum für ein Geschlecht
Problem „Spielerfrauen“

Draisine und Rennmaschine
Der „australische Dynamo“

Legenden & Underdogs
Heimliche Zweisamkeit

Musik kennt keine Grenzen
Das singt man in Wien…

Die Welt sehen
Große Häfen entdecken das Meer

täglich Alles. UNABHÄNGIGE TAGESZEITUNG. ALLES für WIEN. 22.8.'94. Auszüge.

Aus „Langeweile“ 30 Igel zu Tode gequält!

Neun Jahre vergehen schneller als einem lieb ist

Toll: Sabine Petzl im Mega-Glück!

Alles in Butter

Räuber mit Hose auf dem Kopf überfiel Pensionistin

55 Prozent AHA! 52 Prozent BH!

Ist's wahr oder falsch? Einer der ersten Romane Franz Kafkas war: „Die Verwandlung“, die im Jahre 1945 erschien. Lösung im Sportteil.

Von Mensch zu Gott. Da bin ich. Hier veröffentlichen wir die schönsten Gebete unserer Leser.

Von Mensch zu Mensch. In Hochdeutsch und in Mundart.

„Klinsi“: Der blutige Held von England

Dokupil will Didi nicht ändern!

„Ich liebe meine Erotik“

Wann?

MA 46. Schlechtastraße 4 1030 Wien.
Türschilder und -aufkleber. Auswahl

AMT DER WIENER LANDESREGIERUNG
Magistratsabteilung 46 – Gruppe 5
Fahrzeugtechnik und Gefahrenguttransporte
Einreichungen:
Montag – Freitag 8 – 11 Uhr
Donnerstag auch 15.30 – 17.30 Uhr

Zi 1 AUSKUNFT

Zi ohne Nummer
HIER IST JEDER ZU GEBRAUCHEN
...und sei es als abschreckendes Beispiel

Zi 2 (innen)
Sie sprechen mit
Fr. Liemert Kanzleikommissär
Fr. Riedel Kanzleioffizial

Zi ohne Nummer
Wenn Sie nichts zu tun haben,
dann tun Sie es nicht hier!

Zi 6
Ing. Hirschmann
Ing. Kaltenbrunner
OWKM MARX

Amtliches Telefonbuch Wien, A-H/I-Q/R-Z '94/'95.
Auszüge

Angebrandt Franz 743 07 03
Binderberger Katharina 799 18 12
Chhith Chath 765 01 03
Dirl Karl 492 17 77
Eichbehörde, oberste 491 10 ... 0
Fajngelernt Leon 749 70 42
Dagobert Gack 405 80 39
Hallo Dienstmann Kleintransporte 658 02 03
lxmayer Leopold 893 12 30
Jexenflicker Silvia 214 96 91
Kakkattu George 586 60 23
Lacina Ferdinand 505 38 78
Mauskoth Brigitte 693 23 75
Nicht Sieglinde 822 03 42
Oh Hae-Dong 34 02 72
Primixl Paul 813 20 30
Querkopf Hutboutique Inh. Fischer 319 62 15
Richtermotz Edith 552 43 65
Sachweh Stefan 45 43 85
Tatzbär Peter 914 81 20
Umschweif Erna 563 95 14
Vielnascher Heinz 947 37 25
Weinbub Franz 424 91 33
Xu Ling Ling 457 48 22
Yungbluth Susan 310 12 54
Zierlich Friedrich 338 09 62

Zeittafel zur Geschichte Wiens. Auszüge.

um 1000 v.Chr. Veneto-Illyriker besiedeln den Leopoldsberg

100 n.Chr. Vindobona wird befestigtes röm. Kastell

512 – 568 Langobardenherrschaft

um 680 Wiener Becken wird wieder awarisch

1098 die Kreuzfahrer des 1.Kreuzzuges ziehen durch Wien

1192 Gefangennahme Richard Löwenherz in Wien-Erdberg

1284 Wiener Häuser dürfen zwei Stockwerke haben

1298 erster Christkindlmarkt

1338 – 49 Heuschreckenplage, Überschwemmungen etc.

1645 die Schweden unter Torstenson vor Wien

1685 Johannes von Diodato eröffnet erstes Kaffeehaus in Wien

1694 Anschaffung von Feuerlöschspritzen für die Stadt

1752 Gründung der berüchtigten Keuschheitskommission

1813 Blüte der Wiener Seidenfabrikation

1875 Donauregulierung beendet

1890 zweite Stadterweiterung, Schleifung der Linienwälle
100.000 Arbeiter feiern zum ersten Mal den 1.Mai

1900 ältestes noch bestehendes Kino der Welt – Erika Kino – wird eröffnet

1924 Gründung der Ravag, Einführung der Schillingwährung

1945 Befreiung Wiens durch die Rote Armee

1947 Währungsreform, extreme Kälte, Typhusepidemie, Stillstand der Industrieproduktion, Eröffnung des Riesenrades

1962 Museum des 20.Jahrhunderts eröffnet, letzte Gaslaterne in Wien eingestellt

1973 Maul- und Klauenseuche

1980 AKH Skandal, Skandal im Theater an der Wien, Honecker in Wien

1983 Ausstellung „Die Türken vor Wien"

1984 Beginn des Beisl-Booms

1985 Ausstellung „Traum und Wirklichkeit"

Wiener Fußballer. Auswahlteam; zeitlos

Feurer
Krieger
Hatz Szoldatics Zsak
Hasenkopf Hakenzahn Hirnschrodt Saft
Grausam Kreuz

Wiener Journal. Nr.169. Anfangs- und Schlußsätze; durchgemischt und paarweise gebündelt (Auszüge).

Die Lehren aus diesem seltsamen Wahlkampf sollten aber auch nach dem Wahlergebnis nicht vergessen werden.
„Zurück wünschen wir uns das alles nimmermehr!"

Liebesgedichte gibt es wie Sand am Meer – Goldkörnlein sind da nicht leicht zu finden.
Ich will, daß mir alles gefällt.

Der Österreicher, augenzwinkernd präsent, wann immer Phäaken in der Komparserie der Weltgeschichte gebraucht werden, betrachtet die Vorstellung von Fortschritt (der Kunst, der Wissenschaft, der ganzen Menschheit) mit erheblichem Mißtrauen.
Der Wahlkampf kann das doch nicht alles verschüttet haben!

Klangerlebnis Nr.1: Ein einsamer Ton erklingt aus dem Nichts heraus. In diesem Sinne habe ich Lust auf ein provokantes, intelligentes Programm einer bürgerlichen Partei.

Der Wahlkampf ist vorüber.
„Er wird uns sehr fehlen."

Ich bin ja kein „Teutscher".
Da fühlte er sich ein bißchen getröstet.

Ein guter Grund zu leben ist ein ausgezeichneter Grund zu sterben, sagt Camus.
Und am Schluß sieht man wieder die erste Szene.

Wiener Vereine, Betriebe u.ä.m. Auswahl

Wien Beton Wien Film

Wiener Bauernbund Wiener Billard Assoziation

Wiener Blechemballagenfabrik Adolf u. Josef Skutetzky

Wiener Bodenbereitstellungs- u. Stadterneuerungsfonds

Wiener Design

Wiener Familienbund Wiener Faschingsgesellschaft

Wiener Fischereiausschuß Wiener Frauenverlag e.V.

Wiener Gehörlosen Sportclub 1901

Wiener Gruppe

Wiener Ideal

Wiener Kammerphilharmonie

Wiener Knopfkönig Wiener Modellhut GesmbH

Wiener Naturwacht Wiener Reiseclub Handicap

Wiener Schützenverein

Virginia Woolf Verein z Förderung feministischen Bewußtseins
u feministischer Mädchenbildung

Wiener Stegreifbühne, Original vorm Tschauner BetriebsgesmbH

Wiener Tierkrematorium GesmbH Wiener Tiersitterserviee

Wiener Tschuschenkapelle

Wiener Turngau

Wiener Volksliedwerk Wiener Vorhang Express

Wiener Walzermädchen und Girardi's Damen-Salonorchester

Wiener Wohnstudio Wasser

Wienerbus

Johann Strauß. Wiener Walzer. Auswahl

Die Oesterreicher Die Gemüthlichen
Die Extravaganten Die Jovialen Jux-Brüder

Telegrafische Depeschen Dividenden Paroxysmen
Seid umschlungen, Millionen
Freuden-Salven
Wiener Blut

Morgenblätter Leitartikel
Glossen Illustrationen

Sinngedichte
Freiheits-Lieder
Controversen
Einheits-Klänge

Trau, schau, wem
Erhöhte Pulse
Liebes-Lieder
Du und Du

Wilde Rosen
Wiener Frauen
Schwärmereien
Vermählungs-Toaste

Aus den Bergen Abschiedsrufe
Nordseebilder An der Elbe

O schöner Mai!
Vibrationen
Man lebt nur einmal!
Heut' ist heut'

Wienerlied-Titel. Auswahl

Wollt' s wissen, wer i bin?
Bevor i alt wer' 90 Jahr
Wann mich der Herrgott fragen tät
Bescheid'n bin i wur'n

Unser Wahlspruch
So a Räuscherl
Echte Drahrer woll'n ma bleib'n

I hab' s G' fühl – I hab z' viel
Öl in die Venen
Essig & Öl

Mei Vater hat g'sagt
Wenn der Herrgott net will
Daß d'Weana Madln lustig san
Drah'n ma um und drah'n ma auf
Weil mir von guatn Eltern san

Hurra mir fahr'n im Aeroplan
Vogerl, flieg' in d' Welt hinaus
Der Wiener braucht kan' Paß

Weanalied, goldens, brauchst dich net kränken
Wenn am Abend ein zärtliches Bellen erklingt

A tulli Weana Maderl
Ane von der Wäsch
Da ziagt' s ma mein Rock aus
D' Later bricht o'

Einmal in der Woch'n fall' i um
Die Leut wer'n allweil hinicha
Pfiat di' Gott, du alte Zeit

Wann's d'letzten Schrammeln aussitragen
A Tanzerl aus der untern Lad
Fjutscha Gstanzl
Nur fest dudeln
Nachgeben tan ma net

Amtliches Telefonbuch Wien, R-Z, 94/95. Auszüge S

Smaus Smek Smöch Smol
Smrt Smrz
Smug Smuck Smuk Smus
Snaschel Snasel Snauer So
Soda Sodoma Soja Sos
Spas Spat Spatz Spatzal
Spät Spätauf Später Späth
Sper Sperl Spes Spet
Spindelbalker Spindelberger Spindlbauer Spindlböck
Spitzhuettl Spitzhütl Spitzhüttl Spitzkopf
Spring Springauf Springinklee Springinsfeld Springsholz Sprinz
Srb Srba Srbek Srch
Srscheu Sreu
Staud Staude Staudenherz Staudenhirz
Steck Steckbauer Stecklhuber Steckerl
Steinbeis Steinbeiß Steinbereiter Steinbereithner
Stein Steinfest Steingartner Steingärtner
Steingläubl Steingötter Steingräber Steinherr
Steinprinz Steinschauer Steinwedel Steinwitz
Stengel Stengeli Stenger Stengg
Stiasny Stiassnie Stiassny Stiastny
Stich Stichl Stichs Sticht
Stief Stiefel Stiefsohn Stiefvater
Stier Stierhof Stierschneider Stiess
Still Stille Stiller Stillfried
Stock Stocker Stocker-Maa Stocker-Murr
Stof Stoff Stohanzl Stohl
Strand Strandl Strang Strangl
Streit Streitförder Strich Strick
Su Sud Suk Sus

Gastwirtschaft, H. Schlusche. Speisinger Str. 2. 10. 2. '95

Die eine Uhr zeigt 12 nach 12, die andere 12 vor 12.
An der Schank zwei Männer beim Stehviertel.
Die Krautfleckerln sind in 3 Minuten auf dem Tisch.
Einer ist laut Kärtchen reserviert für Prof. Schmidt. Der sitzt – so ausgezeichnet – mit Gattin an selbem; man speist.

Am Tisch daneben: ein weiteres miteinander alt gewordenes Paar. Die Servierkraft gießt die Suppe falsch ein; Tellertausch. Der Mann liest der Frau aus dem Brief vor, den er ihr, weil sie selbst mit dem Messer dazu nicht fähig war, geöffnet hat. „...die bestellten Artikel nicht lieferbar. Wir danken für Ihren Auftrag!"

Der Wirt hat einen Blähhals.
Draußen die Geleise der Verbindungsbahn. Ein Güterzug schürft vorbei. Die Jugendstillampen zeigen keinerlei Regung. Eine der Uhren ist eine verkehrte. Sie zeigt jetzt 20 vor 12.

„Wenn ich konzentriert spü'n möchte, und es ginge um vü Gö'd, dann tät i de Papp'n hoitn."

Prof. Schmidt hilft seiner Frau in den Mantel. Der Blumenstock auf dem Ofen hat's warm. Den Leuten schmeckt's.

„De Soizburger, de Wiener und de Presse gfoin ma."

Gulaschsuppe 35,-
Hirn mit Ei 80,-

„Jetz' is nix. Jetz' kannst ... net amoi Eislaufen kannst."

Jetzt hat sie sich – weiße Haube, weiße Weste – doch mit Roterübensalat angepatzt.

Hans Besenböck mit Begleitung. Extrazimmer.

Die Haselnußcremetorte stöhnt unter einer zünftigen Schokoglasur.

„Was glaubst, wia vü Deppn daß gibt auf da Wö't!“

Dion, sämtl Abt u. Dienststellen, 3, Erdbergstr Nr 202. 7909-0

Jahreskartenauskünfte 7909-115

Wochenprogramm 813 26 68...-0

Oberkontrolle 604 38 77
Zahnambulatorium Bhf Rudolfsheim, 15, Zollernspergg 1
892 80 78

Baukanzlei Am Schöpfwerk U-Bahn, 12, An den Eisteichen
804 19 91...-0

MatRutsche, 20, Stromstr 16a. 330 43 66

Bahnmeisterkanzleien d Bahnerhaltung:
Strecke 1, 19, Wasserleitungswiese 363555...-0(360 55...-0)

Brückenmeisterkanzleien d Brückenerhaltung;
Brückenerhaltung 1, 22, Attemsg 2. 23 51 21...-0

Betriebsüberwachung Kontrollbezirke:
Diensthütte Schmerlingplatz, 1, Volksgartenstr 93 21 97

Vorverkaufstellen:
23, Endstelle Linie 60, Rodaun 889 85 95

Menüs in Meidling. 1995. Auswahl.

Suppe gebackene Fleischpalatschinken	58,-
Alt-Wiener-Kartoffelsuppe Cevapcici mit pommes frites garn.	55,-
Tagessuppe Mayoranfleisch mit Spirale	48,-
Linzen mit Geselhen und Knödel	60,-
Nudelsuppe Faschiertes Butterschnitzel mit Erbsenreis	59,-
Tagessuppe Wiener Schnitzel mit Kartoffelsalat Nachspeise	52,-

Wohnungsmarkt Wien '95. Angebote. Auszüge.

1180 Wien, 40m².

WG-Zimmer steht leer und ist
ab sofort Auszufüllen. Nur mit Vegetarierin.

1130 Wien: Gr. Wohn-Schlafraum, gr. Kü.
VZ, WC, WW, ohne Bad/Dusche, UM, Ölheizung,
an 2 Krankenschwestern o. 2 berufstätige Damen,
keine Ausländer, evtl. Ehepaar ohne Kinder und ohne Tiere.

Preishit!
Gartenhit!
Singlehit!
Bastlerhit!

UNTERVERMIETE an intelligente
Studentin Bauernstube (geteilt
mit Bettliege und Kleiderschrank)

1200 Wien: Zi in UM, nur an Wiedergeborene
Christin, MM S 3.000,-

Mietzuckerl
Schmuckkasterl
Jugendtraum
Pärchenhit

Kleinwohnung, nur an Studentin
aus Bundesländern außer NÖ.

Donnerskirchner Hofheuriger, Wien-Meidling.
Gesprächsfetzen. Auswahl.

I steh mit da Donau auf … um dreivier'l achte …
wann S' den Wasserstand sagn.

Den Jedermann tät i gern amoi sehn!
Na, i bin net unintelligent, aber des kann i ma sparn!

Hat es geschmeckt?
Na, grauslich war's.
Daaaanke!

I hab ihr's eh scho' öfter g'sagt: Meiner Frau kannst
net amoi so vü des Hirn reich'n!
Owa es nutzt nix.

Da Hitler hätt' vergast g'hört!

Die Anja Kruse is a Superfrau … a Superkatz!
Was die für schene Augn hat!

Wann mi ana überfall'n tät?
Nana, i kummat scho' z'recht mit' n Fuaß und tret' eahm in
de Eier!

In der Küch' hab i a Büd mit an Hund.
Dem sag i Pfiat God, wann i fortgeh!

Jetz' entscheid' sesse zwischn Joschi und mir.

In- und Aufschriften. Wien-Meidling. Auswahl

China Restaurant Sisi

Moderne Anstrichmittel für Selbststreicher

Liebe Hunde!
Bitte benützt einen der Alleebäume und nicht meinen Kiosk.
Danke!

Alle Speisen sind auf der Speisekarte
im Lokal ersichtlich

VORHANG- und
DECKERLSPANNEREI
Ing. Christian Zaussinger
Rechts im Hofe

Trend-Frisör
Hochsteck-Frisur bei uns kein Problem

Garderobe auch rückwärts

Südwest-Friedhof. Hetzendorf. Grabsteine. Auswahl

Familie Österreicher
Vielkind
Freudensprung
Gleich

Unsere Mitzitante
Schneidmadl
Schönsleben
Sinn

Familie Buben
Zierhut
Ekelhart
Platt

Liebl
Lustig
Liebling
Lutsch

Familien Wiener
            Keim
            Übl
            Sehr

Nachtnebel
Frost
Häubl
Kopf

Familie Nickerl
Bierhandl
Leberzipf
Schluck

Wr. Derby AUSTRIA – RAPID. 23. 10. '96.
Transparente. Auswahl

Fanclub Rapid Wien

Bulldogs On Tour

SCR Fan-Club Speising

Crazy Girls

Green-White Angels Baden/Wien

Maniacs Austria Wien

Rapid-Fanclub Beinhart

Kommando Viola

Fanclub WIENER SACHSEN

Fak Fan Club Atzgersdorf

Ultras Rapid Wien Block West

Austria Fanclub Kampftrinker

SK Rapid Wien Fanclub „Schnelle Eingreiftruppe“ Neuzeug, O.Ö.

SK Rapid Wien
You'll Never Walk Alone

Veranstaltungen in Wien. 5. 12. 1996. Auswahl

Die goldne Meisterin
Sie liebt mich – Sie liebt mich nicht
Wenn Gefühle sichtbar werden
Die Schöne und das Biest
Hochzeit im Akzent

Gemma Meyer
Zu neuen Daten
Lavendlfrau im Internet
Aus allen Blüten Bitternis

Grillparzer im Pornoladen
Geld spielt keine Rolle
Wie verhüte ich richtig?
Die Macht der Nacht

Im weißen Rössl
Am Swimmingpool
London Calling
Alles in Butter

Leonardo da Vinci trifft Mr. Spock
Dissonanzen
De profundis

Schmähphisto 2
Weh dem, der lacht
Was ist am Teufel attraktiv?
Der Aufzug, der zur Hölle fuhr

00.00–13.55 Wien 1 – da capo (WH der besten Sendungen), **13.55 News/Wetter/Verkehr, 14.00 Reden wir über Wien 1, 14.13** Reden wir über Rapid (WH), **14.25 News/Wetter/Verkehr, 14.30** Wien Total Talk (WH), **14.43** In Wien (WH), **14.55 News/Wetter/Verkehr, 15.00 Reden wir über Wien 2, 15.13** Reden wir im Café (WH), **15.25 News/Wetter/Verkehr, 15.30** Wiener G'schichten (WH), **15.43** Go Karli go (WH), **15.55 News/Wetter/Verkehr, 16.00 Reden wir über Wien 3, 16.13 Reden wir über Räder, 16.25 News/Wetter/Verkehr, 16.30 Trommelfell, 16.43 Reden wir über die anderen, 16.55 News/Wetter/Verkehr, 17.00 Reden wir über Wien 4, 17.13 In Wien, 17.25 News/Wetter/Verkehr, 17.30 Wiener G'schichten, 17.43 Wiener G'schichten, 17.55 Wien Total, 18.15 Wien Total, 18.41** Reden wir übers Essen (WH), **18.55** Reden wir über Räder (WH), **19.10** Reden wir über Wien 1 (WH), **19.25** In Wien (WH), **19.40** Reden wir über Wien 2 (WH), **19.55** Reden wir über die anderen (WH), **20.10** Reden wir über Wien 3 (WH), **20.25** Trommelfell (WH), **20.40** Reden wir über Wien 4 (WH), **20.55** Wien Total (WH), **21.41** Wiener G'schichten (WH), **21.55–24.00** Wien 1 – da capo (WH der besten Sendungen)

(Telefon)Kontakte & Clubmassagen. KURIER, 21. 9. '97. Auswahl

HERRIN! Extrem
DOMINANTE Traumfrau bietet Erziehungsspiel
OSTÖSTERREICH! Hausbesuche
SONNENSCHEIN! Hausbesuche
UMWERFENDE Hausbesuche!

KARIN, schmusen, griech., algierfranz. Handy
OLGA nachtsüber!
SÜSSE Zuckerbäckerin

ORDINÄRER Telefonsex
GESTÖHNE
SOFORTGESPRÄCHE. Sie/Er/Paare/Boys
HÖR mich schreien
LIVESCHALTUNGEN, ordinäre Faueninserate
20JÄHRIGE schreit

FARBIGE massiert
JUNGMASSEUSEN WERBEN!
PARADIESISCHE Massage

REIFE Masseuse
HÜBSCHE Anfängerin
DUOMASSAGEN
TOPMASSEURIN
LENAOASE!

GENUSSVOLLE Behandlung
GANZMASSAGE

ERLESENE Massagen
AUSSERGEWÖHNLICHE M.
IDEALMASSAGE
CREMMASSAGE!
EINCREMMASSAGE – Neuheit!

NOCH nie erlebt.

Volkshochschule Meidling. Kurse Frühjahr 1998. Auszüge

Eulen-Blicke
Zum Schlafen nach Wien
Kreatives Nähen am Vormittag
Vom Tages zum Abend make-up
Lampenfieber
Farb-, Stil- und Schminkberatung speziell für Vorstellungsgespräche persönliche Make-up und Frischberatung
Gesichtsanalyse
Problembeseitigung
Schimmel Feuchtigkeit und Nässe
Na Pfui – Was ist mit dem Wasser los?
Puppenbühne Schöpfwerkmicheln
Kunterbunte Zwergerlspiele
Lachen ... Heute schon gelacht?
Das inspirierende Tremolo des Lachens
Bauch – Bein – Po
VHS Gym – Mix
Die richtige Rückenschule
Wirbelsäulenfunktionsturnen
Pflanzen zur kalten Jahreszeit kennen und lieben lernen
Unkraut delikat essen
Die simple Kunst des Mordes
Hurra, wir kaufen einen Hund!
Der Hund im Österreichischen Recht
Bilder im richtigen Rahmen
Grenzen setzen oder sein lassen
Sandmalen
Schnuppermalen
Datenbankdesign

TEUBER, Oscar. Im Cadeteninstitut. Lose Skizzen aus dem militärischen Jugendleben.
EBERSBERG, Julius. Soldatenpflicht und Ehre. Ein Lesebuch für Österreichs männliche Jugend und insbesondere für angehende Soldaten, zur Erweckung militärischer Gesinnungen und zur Fertigung des Charakters.
AUFFARTH, Georg. Inhalt und Form. Das Buch vom Offizier. Ein Mahnwort zur Erhaltung soldatischer Ideale.
(MOTZ, W.) In k.u.k. Diensten. Militärische Sittenbilder aus Oesterreichischen Garnisonen. Von einem ehemaligen k.u.k. Offizier.
JURZICZKA, Anton (HRSG.). Ruhm. Oesterreichs Krieger. Ein Lesebuch zur moralischen Erziehung und Bildung der Soldaten, so auch für die Winterschulen zu gebrauchen.
PFLUCK-HARTUNG, J(ulius) v. (HRSG.). Krieg und Sieg 1870-71. Ein Gedenkbuch.
PIZZINT, Ricco. Durch! März bis Dezember 1917. Ein Erleben im Weltkrieg.
SCHÖFFLIN, Walter. „Ich bin gesund – es geht mir gut". K.u.k. Frontsoldat von „Tauglich" bis November 1918.
KOWALEWSKI, J. Viktor (HRSG.). Vergewaltigte Menschen. Blätter aus dem Felde und der Kriegsgefangenschaft.
BERTOLD, Robert. Von Front zu Front. Przemysl-Isonzo = 24.000 Kilometer. Erlebnisse eines kriegsgefangenen österreichischen Offiziers auf seiner Flucht um den Erdball.
BAUMANN, Alexander. Ehrenbuschn für d'Oesterreicher Armee in Italien. z'sammbrockt in 100 Schnadahipfln für seini liabn Landsleit.
KELLNER, Franz. Drei Jahre in der bulgarischen Front. Ernste und heitere Erlebnisse einer österreichisch-ungarischen

Artilleriegruppe 1916-1918.
SOBICKA, Hauptmann Georg. Alte Batterien. Ein Beitrag zur Geschichte unserer Feldartillerie.
MOSER, Otto v. Ernsthafte Plaudereien über den Weltkrieg. Eine kritische, militär-politische Geschichte des Krieges für Fachleute und, Nichtfachleute. Zur Rückschau in die Vergangenheit und zur Ausschau in die Zukunft.
STÜRGKH, Josef. Im Deutschen Großen Hauptquartier.
TANERA, Carl. Deutschlands Kämpfe in Ostasien. Dem deutschen Volk erzählt.
SCHIEL, Adolf. 23 Jahre Sturm und Sonnenschein in Südafrika.
KERCHNAWE, Hugo. Bei Linz und Ebelsberg. Anno Neun.
REICHLIN v. MELDEGG, Ph. Frhr.
Über Terrain-Gestaltungen und deren nächste Beziehungen zu den Hauptmomenten der Taktik.
WESSELY, Joseph. Das Karstgebiet Militär-Kroatiens und seine Rettung, dann die Karstfrage überhaupt.
TURNVORSCHRIFT für die k.u.k Fußtruppen.
HABT ACHT! 244 militärische Anekdoten und Witze.

wien b e zirkulation

zwischen
poesievering
und vermeidling
liegt penclubzing
an der wien

a so a hietzing
glei' gegnüber
schönbrunnergelbsucht
heizt uns ein …

auch's josefstadtbild
zeigt altneubau

ein jesusmariahilf!
macht dem alsergrundherrn luft

der floridsdorfdepp
winkt am spitz
der brigitte n auer in

landstraßenschlachten?
fehlanzeige

fünfhausmeister
sporteln tapfer
zähl'n zum favoritenkreis
für den großen simmeringkampf
um die queen
vom monte laa

Wiener Fußballclubs. Unterhaus. '99. Auswahl

Elektra
Columbia
NAC Nettig

ESV/KSC
Wienerfeld
Schwemm

MAC
WAC
O.F.R.-Feibra

Union Mauer
Neubau
Vorwärts 06

UFK Schulbrüder
FC Inkognito
Cafe Kaktus
Guglhupf

FC Kairo
Donau
Triester
Maccabi

Mesopotamien
FC Stadlau

Zum-Namen. Auswahl

Zum Werkelmann
Zum Winkel Johannes

Zum Weißen Kreuz
Zum schiefen Giebel
Zum Gläsernen Dachl
Zum finsteren Stern

Heuriger Zum Mieselsüchtigen

Zum Alten Eisen, Verein von
Arbeitssuchenden über 45 Jahre in Österreich

Zum Griechen
Zum Franzosen
Zum Blauen Esel
Zum Napf

Zum Ur Schulz
Zum Haydn
Zumsande-Sandberg Heinz

Frisiersalons in Wien. Auswahl

Abschnitt
Abschnitt Einundsiebzig
Art of Hair

Barbier Konczir
Beauty Place Brigitte Prosch
Blitzfritz Coiffeur, fliegender Friseur, Fritz Ernst
Bundy & Bundy

Charly's Frisierstube
Cut Noir
Cutpoint
Daher Friseur, Ingrid Ergenzinger, Anna Breiner
Donauwelle

Edith
Elfi
Elke
Er–Ich

Fair Hair
Floridsdorfer Frisurcenter
Fortschnitt FrisurenmbH
Fräulein Friseuse
Friseur Doris
Frisurenkistl
FrohLocke, die Haarschneiderei der Helga Hammer

Gabi
GABY

GMBHAAR
Graf, Ihre Liesl Graf Frisur GmbH

Haar & Haar
Haareschneiden Kastner
Haarlekin
Haarmonie Naturfrisör
Haarscharf
Haarschneiderei Koller Maria
Hair & Mehr
Hair & Style Liane
HAIR and CUT
Hair by Brigitte
Hair by Bruno
Hair Fun Marina
Hairdressing Michael
Happy Hair-Biosthetik
Happy Hair-Cut & Color
Headline Salon Uschi
Heidi, Er-Sie-Es Friseur
Hollywood
Kamm-In

Mary
Masayo
Melody Hair

Salon zur Burg, Perchtoldsdorf

Schnittpunkt
Schramm
Vienna Hair

Gedenktafeln in der Dreimarksteingasse, Wien-Salmannsdorf

FRANZ SCHUBERT
Komponierte 1821 in diesem Hause
seinen berühmten Männerchor:
„Das Dörfchen"

*

Gewidmet zum 50.Jähr. Bestand vom
Männergesangsverein der Städtischen
Elektrizitätswerke-Wien im Juni 1963

*

In Salmannsdorf – so wird gesagt
Und zwar hier wars, wo Soliman
Im Kampf um Wien den Plan erdacht
Wie man es nicht bezwingen kann
Zum Angedenken nun daran
Hat noch das Volk etwas geplant
Und nach dem Namen Soliman
Den Ort hier Solimansdorf
genannt.

*

Hier hat ein großer Musikant
Der Meister Strauß war er benannt
Den ersten Walzer komponiert
Und dadurch dieses Haus geziert

Wr. Urania Puppentheater. Kasperl u. Pezi.
Abonnement 1999/2000

Oktober 1999
OH, DIESER DAGOBERT

November 1999
DER BRUNNENWASTL

Dezember 1999
DORNRÖSCHEN

Jänner 2000
DAS GERICHT DER TIERE

Februar 2000
FASCHING MIT DAGOBERT

März 2000
RUMPELSTILZCHEN

April 2000
PEZI IM FAULPELZLAND

Wiener Straßen, Wege, Plätze & Gassen. Auswahl

Blutgasse Mostgasse Milchgasse Wolfsmilchgasse
Einfahrtsstraße Enge Lucken Zufahrtsstraße Rumplerweg
In den Kräutern In der Wiesen Grüne Stube Veilchenweg
Sommerschuhgasse Schuhbrechergasse Gspöttgraben Touristenweg
Malmögasse Nordpolstraße Havannaweg In der Krim
Kampfstraße Seeschlachtweg Heimkehrergasse Heldenplatz
Schußlinie Schützensteig Fluchtgasse Auf der Schanz
Mondscheingasse Nymphengasse Jungferngasse Schatzlsteig
Lustgasse Adonisweg Äugelgasse Zenzlsteig
Wannemachergasse Rauchfangkehrergasse Mehlführergasse Laberlweg
Hungereckstraße Zwölfpfenniggasse Sparefrohgasse Erdenweg
An der Kuhtrift An der Hülben An der Zwerchwiese Am Spitz
Am Predigtstuhl Unter der Kirche An der Hölle Roter Hof
Posthorngasse Morsegasse Stenografengasse Telephonweg
Fuchsröhrenstraße Hasenhutgasse Tigergasse Hühnersteig
Reichsapfelgasse Ostmarkgasse An der Grenze Utopiaweg
Mondweg Universumstraße Stoß im Himmel Neptunweg
In der goldenen Erden Maulwurfgasse Durchlaufstraße Zukunftsweg
Matrosengasse Dampfschiffhaufen Ringelseegasse Libellenweg
Waschhausgasse Vollbadgasse Dampfbadgasse Kamillenweg
Lautenschlägergasse Rosthorngasse Künstlergasse Herzblumenweg
Hühnersteigstraße Ochsenkopfweg Eselsstiege Dachsensteig
De-Quer-Weg Am Krautgarten Querweg Am Hasensprung
Herrenhäufel Im Gestockert Matschgasse Nachtnebelweg
Schneeballenweg Augentrostgasse Weintraubengasse Fuchsenlochweg
Wiengasse Weinweg Am Weingebirg Himmel

Plakate, Aufschriften & Zettel in Wien (1)

Bundesgremium
für den
Brennstoffhandel
(Poster in Arbeit)

Komm, hol Dir ein
Eisbusserl oder einen Schneeball
TICHY
Autokühler
Peter Pahl

TAM NAG THAI
zum Meidlinger Fredl
Wiener Küche und Thai-Spezialitäten

Ente „lustig" mit Schopf

Österreichischer Frauenlauf
Sonntag, 18.Juni 2000
Wien, Kaiserallee

Füllfederzentrale

Komm zum Bogenschießen!
Schnuppern beim BSV Schönbrunn

Tagesteller
Plunsengröstl
mit Salat

Plakate, Aufschriften & Zettel in Wien (2)

Gottschalks
Super Hemden
Service
Computer gesteuert

Viele Fische in Aktion

Unser Beitrag
zur
Streßvorsorge –
ein Kaffee, dazu
täglich frische
Mehlspeisen

Heilige MARGARETA
bitte bei Gott
für uns

Pianinos
FLÜGEL
neu und
überspielt

Zwutsch Kerl
Nostalgie-Cafe

Durchgang verboten
Zutritt nur für Berechtigte
gestattet

Plakate, Aufschriften Zettel in Wien (3)

Hubertus Bierstadl
Zum Thaifrosch

DERWISCHAN
Verein für Künstler
Wille Arbeit Erfolg

OLDTI-Abend
of the 60-70s
bei Sonja

Landschildkröten
aus Österreich
Nur schöne Tiere
Hier erhältlich

The Essence of Dress Sense

MA 43
Bezirksbeisetzkammer
Mo–Fr 7–12 Uhr und 12.30–15Uhr,

66 verschiedene Palatschinken

Heute Woll-Lust?

PREFA
Das Dach,
stark wie ein Stier!
gibt's hier

Plakate, Aufschriften & Zettel in Wien (4)

Der Leder
Handschuh
zeigt
Geschmack
hebt die Elegance

Liebe Kinder ... Groß und Klein!
Eine Wurstsemmel kostet 8 S
Nur für Euch allein!

Wegen Amtswegen
erst ab 16 Uhr geöffnet!!
Entschuldigung Walter

Willst Du gut und billig kaufen
musst Du zum Sockenkaiser laufen
Autokennzeichen: W SOCKI 1

Empfehlung
Lebenswerte Bücher
Leseecke

Gerald's STRUMPFGRUBE

Modell-Hüte
Inge Eisenhut

Frische Fische gut und prima
kauft der Kenner nur bei
KLIMA

Plakate, Aufschriften & Zettel in Wien (5)

Methodistenkirche
Leben heißt:
Zeichnen ohne
Radiergummi

Host an Hunger!
Host an Durscht!
Kummst zum Peter auf a Wurscht

Unsere Stärke: „Der Schnitt"

Bitte Vorsicht,
hier schlafen
Blumenzwiebeln!

Heute
KAUF NIX TAG!
Gönnen Sie sich eine Pause

Die Wiener Linien
gehören zu Wien
wie die Wuchtel ins Eck

„Schönholz"
Räumt jede Wohnung
Besenrein!

Krapfen mit Marillenmarmelade
€ 0. 80
intergalaktisch gut

Plakate, Aufschriften & Zettel in Wien (6)

Zuviel Mist ist Mist!
MIST
PUTZ Di!

Halt! Bitte nicht …
Durch unseren Gastgarten
joggen!!!!

Wir Wiener Elektriker
machen's zuverlässig

Menü:
Tagessuppe

Hurra! Die
Frühlings-Sommerhemden
von Seidensticker sind da

PLACHWITZ-Wein
13x Most
aus
O.Ö.

Neueröffnung
Herrenservice = (Waschen, Schneiden, Rassieren) 20,- €
Herrnschneiden 10,-€

DIE GOLDENE ROLLE
macht Sie superschlank!
895-9973

Geschnetzeltes (1)

Vanille Puding 1.40

Kalbsvögerl
in Campionsauce
dazu Reis € 9,-

WIENER MARKTBUFFET
Zum Lichtblick
Heisse Wurstwaren, Schmankerln & Getränke

Fleisch Imbiss
Stierschneider

Pluder und diverse Mehlspeisen

Känguruhfilet auf
Pfeffersauce mit Reis
Krokodilfilet gebr.
Straußenfilet auf
Lauchsauce mit Reis
Bierne auf Rotweinsauce
mit Schlagobers

Heiser Caffe
v. Automat 0.70

Kontakte & Clubmassagen. KURIER, Oktober 2001

UNGARIN, griech.
HOLLYWOODSTAR, Hausbesuche
TSCHARDASCHFÜRSTINNEN!
SCHNUPPERZEIT

1400,-/101,74! Hausbesuche
STUDENTIN macht zärtliche Massage-
Hausbesuche für Studiumbeihilfe!
NESTHÄKCHEN neu, Hausbesuche
HAUSFRAUENSEITENSPRUNG! Reife
Hausbesuche!
BILLIGBESUCHE!

3 X mindestens! Hausbesuche
BEZIRK Baden!
VIER Lippen, ein Preis! Naturfranz. total!

TSCHECHINNEN, Liveschaltung!
SLOWAKISCHE Hausfrauen!

HOTVERWÖHNUNG!
KUSCHELIG!
POLINNEN!

DORIS massiert
SABINE massiert
REIF
REIF – sexy.

GROSSE Riesen!
STADLAUSTUDIO! Neue Topmasseu-
sen! Parkplätze!
ENTSPANNUNGSAKT zweimal durch-
kosten!
GLEICHZEITIGE Gipfellandung!
KÖNIGLICHE Verwöhnetage!

Programmzettel 2003

WENN SHOW – DENN SHOW
Erich Félix Mautner – DIE Künstleragentur präsentiert:

NachLESE: „WILLKOMMEN MEIDLING"

D i e t e r
C h m e l a r

„ANGEHEITERTES UND BESINNLICHES"
WEGEN DES GROSSEN LACHERFOLGES
WIEDERHOLUNG eigener und gefundener
Texte – musische Würze: Ingomar Kmentt
Montag, 23. Juni 2003, 20 Uhr
Eintritt frei, Platzreservierung 8155411

Musik-Café Zum Leopoldi

Programm des ORF-Senders Radio Wien vom 19. 6. 2003

Radio Wien

6.00 Guten Morgen Wien
10.00 Der Feiertag auf Radio Wien
(12.00) Radio Wien – Stadtjournal
13.00 Der Feiertag auf Radio Wien
16.00 Der Feiertag auf Radio Wien
(17.00) Radio Wien – Stadtjournal
19.00 Der Feiertag auf Radio Wien
22.00 Musik zum Träumen
0.00 Radio Wien Nachtschwärmer
4.00 Radio Wien Frühschicht

Clubs, Institute & Gemeinschaften in Wien

Club A
Club Acht
Club Gandhi
Club Jedermann
Club Nokia 4U for you
CMS-Club-Menü-Service GesmbH & Co KG
Katzensitterclub
Klub der Freunde des S.C.Rapid
Klub Jugoslovena Jedinstro Einheit
Institut D aufrechte Gang
Institut d Englischen Fräulein
Institut f Automation
Institut f duale Biosignalmodulation
Institut f Graffiti Forschung
Institut f Karriereforschung
Institut f Personzentrierte Studien
Institut f Wassergüte
Institut KLARE SICHT
Gemeinschaft B.R.O.T.
Gemeinschaft d Siebenten Tags-Adventisten
Gemeinschaft Dämmstoff-Industrie
Gemeinschaft Emmanuel
Gemeinschaft Gemeinsam Wohnen, christlich Leben
Gemeinschaft Unserer Lieben Frau vom Wege
Jüngergemeinschaft Wien

KLEINANZEIGEN. Falter 25/03. Auswahl

Kindergruppe Rasselbande, 2. Bez.
sucht 1 Power-Kuschel-Mädchen ab
3 J.; Platz ab August 03

Verheilmlichte Tierliebe Jesu!
Kostenlose Broschüre anfordern unter:

Hobbykoch zum mieten; Je cuisine
chez vous! Ich komme aus Frankreich.
Ich koche sehr kreativ und überraschungsliebend
bei Ihnen.

Gitarrist sucht Band, in der ich vielleicht
spielen könnte. Musik: (Rock, Hard Rock
(Ozzy Osbourne, ACDC, u.a.); Bitte nur
Amateure (keine Teenager!)

Ehepaar sucht (Ehe)paar, das wie
wir sein/e Kind/er (13–20J.) halbe
halbe großzieht, für Gespräche.

Zip – Aufstellungswochenende!
Problem- u. Entscheidungs-Aufstellung.
Sie finden Ihren kraftvollen Platz!
2 Trainer, schnuppern gratis!

Der Sommer wird heiß! Mann sucht
Frau für schräges, kunstvolles und
besinnliches an und im Wasser.

Der Mann für das gewisse,
unbeschreibbare Etwas
(was auch immer ...), freut sich
über den Anruf grosszügiger und
spendabler Damen.

Andreas, Lifeball. Teufel tanzt &
knutscht mit Presse im schwarzen
Abendkleid. Hab Dich morgens um 4
versetzt. Sorry! Ruf an: Christine

Ziegeln ca. 30 Stück, Selbstab.

Kulinar(r)isches Wien 2003

Mama's Schnitzl & Kebabhaus

HEUTE
FRISCH
GRICH.
SALAT

Essen ab sofort
nur für Arme, Alte und Kranke

SCHINTZEL
GEB MIT
SALAT +
DESSERT

Wir machen Urlaub vom
30.6.03 – 31.8.03
Ihr Sauerkraut-Team

HAST DU DURST
UND ES GEH'T
NICHT WEITER
ICH BIN IN DER
TROCKENHEIT
DEIN BEGLEITER

DEIN WIRT

Kümmel & Salz
Mann erhalt's

Plakate, Aufschriften & Zettel in Wien (7)

Schneeräumung
DIMMI
Ihr Partner in Bestform

Kauf 3 Paar
Schuhe, dann
gibt's das billigste Paar
– GRATIS! –

ZIEHEN
100% Farbe

Diese Baustelle wird von Hr. Milchrahm betreut
KAPO
Fenster & Türen

KIKI ICH LIEBE DICH!

Kampf-Kreisl?
Bei der Tür klopfen!
Meist 17–20 Uhr DANKE!

OptiMist
Entsorgungs- und Recyclingservice
Einfälle für Abfälle

Dein FRISEUR ist
so viel mehr.

G'schmackige Leut'. Wien 2003

Edith Kipferl
Monika Honig
Elke Milchrahm
Gottfried Strudl
Ingeborg Ravioli
Ursula Krautwaschl
Paprika Istvan
Rosa Brei
Elisabeth Radi
Anna Essig
Alfred Karpfen
Maria/Horst Bratfisch
Zdenka Hering
Heidi Lachs
Essbüchl Fritz
Sauhammel Johannes
Erich Schnitzl
Lukas Fleisch
Manfred Mehlhase
Gudrun Hendl
Helmut Wursthorn
Maultaschl Ferdinand
Ida Buchtel
Adelinde Germ
Wanda Knödl
Nimrod Frucht
Mark Steven Sauerwein
Rosa Eis
Ruth Topf
Ulf Kotz

Wien Zentralfriedhof. Ehrengräber Gruppe 32c. Auszug

Leonie Rysanek Ernst Jandl Max Weiler Inge Konradi

Marcel Prawy

Plakate, Aufschriften & Zettel in Wien (8)

Flotte Socke
Ideal zum Häkeln
€ 3.40

Ordination heute geschlossen
Wir sind auf Fortbildungskurs
zu Ihrem Nutzen

BOTANIK
Natur-Revitalfriseur

Wer hat sich
unser Palmen-
poster ausgeborgt?
Wir möchten es
wieder zurückhaben!

ES LEBEN DIE GEFANGENEN IN DER TÜRKE!
SIEG

Fleischhauer
wird Aufgenommen
vorstellen in
der Tann Abteilung

Verein polnischer Ingenieurinnen
und Ingenieure in Österreich 2.Stock

UNSER PREISHIT!
GEBRAUCHTE STEINE WIE NEU

gehen & stehen in Wien

Halt!
Nicht weitergehen
oder weiterfahren
„sondern“
Reinschauen

spazieren gehen ist blöd
WIENER LINIEN
Die Stadt gehört Dir.

Anna Geher, Kinderwagen

KEIN EINGANG!
Eingang um die Ecke

Bitte lassen Sie
Kinder
aus Sicherheitsgründen
hier an der Rückwand
des Fahrkorbes stehen

Radschieben verboten

VORSICHT!
STOLPER-
GEFAHR

… ich stehe auf schicke frisuren…

Wien Zentralfriedhof. Inschriften. Auswahl (1)

Johann
Ritter
Romano von Ringe

Familie
FISCHHOF
UMLAUFT

SACHSENS
TAPFERN SÖHNEN
DAS
VATERLAND
1866

Amandus Zoffi
Fritz Zoffi
dessen Mutter
D'STEFFI TANT

Pleiner –
        Zeithammel

Rudolf Freiherr
v. Huebmershofer
Aloisia v. Huebmershofer

Anton Salieri

FAMILIEN
HERZ – FRANZ

Thekla Tacho

Leütter
Edler von
Tannenberg

Sunday Olowoyo

Hier ruhet
General der Kavallerie
Hannibal Marquis von
Sommariva
Geheimer Rat
Kommandierender General zu Wien
Kapitän der k.k. Trabantenleibgarde
und Hofburgwache
Inhaber des k.k.
Kürassierregiments No.5
Maria Theresien Ordensritter

Frau
ETTA THETTER

Familie
Monschiebl

OPA
          OMA
Annie
Rosar

Wien Zentralfriedhof. Inschriften. Auswahl (3)

Flora
Freiin von Fluck
Edle von Leidenkron

Nordbahn-Inspector
E. Eisenkolb

Freiherrliche Familie
GIESL v. GIESLINGEN

Emmerich Kalman

HAUSNER von HAUSWEHR

Reichsfreiin Louise v. Sturmfeder

Engelbert Pernerstorfer Victor Adler Karl Seitz Otto Bauer
Friedrich Adler Helene Bauer

Familie
Ritter Korab von Mühlstrom

Pauline Edle von Kleinschnitz

Familie Kuschel

Aloisia Miessl
von Zeileissen
geb. Winkler von Forazest

Plakate, Aufschriften & Zettel in Wien (9)

Wahrnehmungsräume
Zentrum für Gesundheit, Kommu-
nikation und Bewegung

Elfi's Stüberl
„Grüß Gott, tritt ein –
bring Geld herein!"

Ein nettes Geschenk!
Blume wächst aus
der Dose!
              Interessant!

Fit durchs ganze Jahr, vom Kleinkind bis
zum Großpapa
Turnverein Kaiserebersdorf (seit 1907)

MIST!
Meine Windel ist beim Service!

SIMMERINGER
JUNGGÄRTNER-TREFFEN
Musik: „WOLKENLOS"
Luftburg

Ich vermisse Dich!
Nimm mich nach
Hause mit!!!

Fötschl blüht

Seltsame Namen. Wien (1)

David Pamphlett
Schweindenwein Ralf
Kurfirst Elisabeth
Eitelbös Ernst
Adalbert Gottgeisel
Peng-Ping Pan
Christin Krautsack
Zelja Schnarch
Erdreich Hermine
Beatrix Bockhorni
Friz-Frizberg Herlinde
Punzhuber Shu Fang
Gottschling Irma
Neinteufel Anna
Enif Kocakadirogullari
Karl Krb
Schemerl-Streben Claudia
Bodenseher Florian
Eugenie Pausback
Erdpresser Johann
Marie Gabrielle Schell von Bauschlott
Elisabeth Frk
Hansenhündel Herbert
Liebling Gaby/Ralph
Hanöfvogl Tanja
Loewenrosen Mike
Schemel-Kühnritt Edith
Bierampel Sandra
Angela Neugeborn
Gottselig Jochen

Eiflaumsuppe
Blunz
mit Röstkartoffel
und Sauerkraut 55,-

Buchten
mit
Mohn-Nußfülle
auf
Vanillesauce
€ 4.90

Tagesteller 5.70 €
Gebackenes Surschniztel
mit Erdäpfelsalat

K.u.K. Menü
Suppe
Serbisches Reisfleisch
mit Salat

HEUTE
Tagessuppe
Linsen mit
Sleck und
Knödel
€ 4.30

Plakate, Aufschriften & Zettel in Wien (10)

bring it!
Lebensmittel frei Haus

Der Regenwald der Österreicher
Ab 30. Juli 2003
Eintritt frei

Mass-Änderrungsschneiderei
Elisabeth Marcz

Best Preis
ROSEN
Des Bezirks

Junger Österreicher
Ab 7. November 2003

MÄDCHENTAG
ABGESAGT!

Wir machen Ihrem
HOLZWURM
die Hölle heiß!
Umweltfreundlich im Heißluftverfahren

FEST der
100
TOPFLAPPEN

Bäm

Wiener Erwachsenen- & Kindermund. Gesprächsfetzen. 2003

Mama, wo ist dann die sogenannte unsre Gasse?

Sehr geehrte Fahrgäste, wegen eines technischen Gebrechen kommt es derzeit auf der Linie U6 in Richtung Floridsdorf …

Des ganze Göd da Wöd kannst da in Oasch schiabm, wanns d' ka Liebe hosd.

Mama, probiern ma amal a anders Kraftfutter?

Alles Neue is nix wert, denn es bringt nur wieder Turbulenzen.

Eine Nachricht für den Mann im Burberry-Look: Wenn Sie die Einfahrt des Zuges hinter der gelben Sicherheitslinie erwarten, dann wird sich das positiv auf Ihre Lebenserwartung auswirken. Einen schönen Abend noch.

Wannsd no amoi a'zahst, dusch i da ane, owa dann dusch i da ane!

Jetzt fahr'n ma in die andere Richtung. Aber da sind wir auch nicht richtig zuhause; dort wohnen wir auch nicht.

Hat er gsagt: Sitzi, Platz-hoppi, happ! Genau so wiar a is, hat er hoit gredt.

Ich habe einen Herrn da, der ist 92 Jahre, aber der kocht sich alles selber, der will nichts Fertiges. So eine Esskultur ist schon was Schönes.

Der hat 98cm Schulterhöhe gehabt, mein letzter Hund.

Alles Bingo, alles Bongo. Hau ma se an Tee eine, in de Vas'n, an doppeltn.

wiener bezirkszeitung (bezirke 12,13,14, 23) 19/2003. überschriften

Wien Energie hält Strompreise niedrig

Falsche Rauchfangkehrer

Aus der Falle zum Superstar

Mag man uns in der EU nicht?

Eine schöne Bescherung

Falsche Propheten!

Leicht lachen mit geraden Zähnen

Hohe Auszeichnung für die Fernwärme Wien

Das Autohaus mit Charme im Elften feierlich eröffnet

Abfallarmes Gutscheinheft

„Gurus unserer Tage" – Propheten der falschen Werte?

Gasometer waren erst der Anfang!

Strompreise steigen international

Weltenbummler Werner Ploner tritt auch im Gloria Theater auf

Frohe Weihnacht – ganz persönlich

Münchhausen aus Niederösterreich

Botanischer Garten der Universität Wien. Infos. Auswahl

System der Gefäßpflanzen:
Einkeimblättrige Bedecktsamer
Zweikeimblättrige Bedecktsamer→
←Nacktsamer

Wiesenschmetterlinge im Botanischen Garten

Auf dieser Fläche sollen Schmetterlinge „gefördert“ werden,
daher wird diese Wiese nur 2 bis 3 mal im Jahr gemäht.
Die Raupen vieler Wiesenschmetterlinge, zum Beispiel die des
Schachbrettfalters (Melanargia galathea), fressen Graspflanzen
und benötigen ein bestimmtes Mahdregime zur Entwicklung

ACHTUNG
VERLETZUNGSGEFAHR!
Weitergehen nur auf eigenes
Risiko!
Große Früchte des Osagedorns fallen derzeit auf
diesen Weg! Es besteht besondere Gefahr für kleine
Kinder und Babies

Bitte benutzen Sie die sicheren Seitenwege!

Dieses Tor wird ab 15. März täglich um 9.00 geöffnet und
eine Viertelstunde vor Gartensperre geschlossen.
Auskunft 01/4277-54193

Täglich
frisch
geschälte
Orangen
2kg 1,40 €
5kg 3,- €

Tagesteller 6.50 €
Spar Rips
Braterdäpfel
Salatgarnitur
3.70

Geröstete
Leber
m Salzkart!

GANS'L
G'SCHNATTER
!

LACH-NUDEL-
SUPPE 2,10

ERDÄPFELPÜREE
MIT KÜRBISGEMÜSE,
KOHLRABISTIFTEN
& SALAT 5,90

Plakate, Aufschriften & Zettel in Wien (11)

Hier wurde
bei Brieflos
€ 100,-
gewonnen

Nächtens, Sonn- und Feiertag:
DUMMER
SCHÄDEL
BRUMMER

In diesem Haus starb
ANTON BRUCKNER
am 11. Oktober 1896

FRÜHAKTION
7.30, 9.00
normales Bett 14 min
oder
starkes Bett 9 min

Spende ...
und ich bin
Dein Schal (Deine Mütze)

AKTION!
KÖNIGSPYTHON
(männlich)
statt € 100
jetzt nur € 70

Wiener Erwachsenen- und Kindermund. Gesprächsfetzen 2003/04

Ich geh einmal extra mit dir her. Ich wollte zum Hasen gehen, eigentlich.

Ab sofort gilt: Sex nur in der Ehe. Keine Unzucht treiben!

Entschuldigung, hat jemand eine Arbeit für mich, einen Obdachlosen. Ich kann auf jeden Fall putzen und den Computer bedienen. Die, wo mich kennen, wissen, dass ich in der U-Bahn übernachte.

Liebe Hörer, falls Sie vorhaben Punsch zu trinken, fahren Sie mit dem öffentlichen Weihnachtsmittel.

Und die Vanillekipferln hat der Osterhase in die Wiege gestellt, oder?

Der Vater ist g'storben am siebenundzwanzigsten erster '84.

Jetzt geh'n ma zum Baum hin und klopf' ma so dagegen, dass a Eichkatzerl runterfallt, okay?!

Suchst du das Tufo?
Tofu!
Da steht Tufo.

Super schaust aus, wirklich toll – außer dreckig nur dreckig!

Kannst am Nachmarkt geh', Bananen zöh'n!

Alissa, komm – oder willst verloren geh'n!?

Essen & Trinken. Wien 2004

VON 11-14 UHR
MITTAGS
ANGEBOT

ZANDER GEBACKEN
MIT PETERSILKARTOFF
€ 600

SCHNITZELSTÜBERL
-SCHNITZEL
-BERNER
-BAUERN
70m

NUR HIER
DIE HÖCHSTEN
TORTEN
WIENS
Nur € 4.00

Ich fang mit einer Diät an.
Höre auf zu trinken und
rauchen, und in vierzehn Tagen
verlor ich exakt zwei Wochen.

~
Frei nach Achilleus
~

Essen & Trinken. Wien 2004 (2)

MANIA
WELCOME-SHOTS
GRATIS

„NEU
ANZAPFT
IS“
PFIFF € 1,60
SEIDL € 1,90
KRÜGL € 2,40

ZUM GLÜCKLICHEN HUNH
FISCH GEFLÜGEL IMBISS

HENDEL PARADIES
GEFLÜGEL – FISCHIMBISS

PIZZERIA
MAFIOSI

Cafe Bäckerei Blutaumüller
Alkoholfreie Getränke (Auszug)
Jugendgetränk
Apfelsaft gespritzt 1/4 l € 1.70
Soda 1/4 l € 1.20

Hier
eröffnet bald ein
Lebensmittel
und Imbiss

Schu-Namen. Auswahl. 2005

Schu
Schubaschitz
Schubert
Schubertne
Schuchlenz
Schudel
Schuder
Schuderl
Schuderne
Schufaisl
Schuff
Schug
Schuh
Schuh-Tüchler
Schuhäker
Schuhecker
Schuheker
Schuhfried
Schuhgovich
Schuhmandl
Schuhmerti
Schulcz
Schuld
Schuldhaus
Schuldner
Schuldz
Schulenburg
Schulheim
Schulhof
Schulreich

Schultchen
Schulte zur Hansen
Schulter
Schulterer
Schultermandl
Schultus
Schulz
Schumach
Schummel
Schummer
Schuocker
Schuoecker
Schuöcker
Schupfer
Schupper
Schur
Schuringa
Schurischuster
Schurk
Schurl
Schurli
Schurm
Schurz
Schuschou
Schuschu
Schuselka-Capobianco
Schuska
Schuss
Schussel
Schusser
Schussnix
Schuß
Schusta

Schusteck
Schuster
Schuster Sic
Schuster-Sova
Schuster-Traxler
Schustereder
Schusterle
Schusterschitz
Schutt
Schutti
Schutzbier
Schuy

Kulinarisches vom Naschmarkt. 2004

Mördersuppe 5.-

Die größte Palatschinke der Welt

Warum wir streiten?
Du sein Wurst – ich sein Wurst
Uns beide böse Menschen
sowieso aufessen!

Vom Punker
bis zur Großmama
der WIENER WÜRSTELMANN
ist für alle da!

MIX SALAT
Je Stk. 0.70

WIENER NASCHMARKT BÄCKEREI
BRODSPEZIALITÄTEN
WIENER MEHLSPEISEN

WILD-
SCHWEIN-
BOFERL

Der Kochtopf ist rund,
damit die Küche
die Richtung ändern kann

Wiener Plakate, Aufschriften, Annoncen etc. (1)

Wir bauen auf
Ihr Verständnis
Bauvorhaben
UMBAU DER
ÖFFENTLICHEN
BELEUCHTUNG

EU VERRECKE!

€ 2,-
Joghurtring

HANDELSAGENTUR
GÜNTER BRAUN
Schauraum u. Promptlager

PISS

zahnARtelier
HARTMANN & JIRKU Ges.m.b.H.
im Hof links

STEIGLEITUNG

STERN
BRAUT- UND ABENDMODE

Du weißt ja nicht
wie schön du bist

Wiener Plakate, Aufschriften, Annoncen etc. (2)

Lieber zu Niedermeyer als zu teuer.

FREMDEN
IST DER
EINTRITT
VERBOTEN

GEÖFFNET:
AB 10

Batteriewechsel sofort

Mentale Unterstützung von Frauen für Frauen
Die Gesellschafterinnen
für Wien

SERVUS DIE WADLN

7x6 = 42

Industrieatelier -- Sack Agency
Sollte sich eine der beiden
Firmen nicht melden, läuten
Sie bitte bei der jeweils
anderen Firma!

THE THREE LEGGEDANT!

Wiener Plakate, Aufschriften, Annoncen etc. (3)

FÖRDERVEREIN DER BEZIEHUNG
CHINA - ÖSTERREICH

Ein Hoch
dem
Bauherrn

SURGE & ELVIS + 3LA 2003!..

p r i m a v e r a
Institut für Freundschaft und Ehe
3. Stock (Lift)

NAZISCH-
WEINE
FUCK NIGGERS

Kaufe
jede
Technik

SEHR GEEHRTER PAKETZUSTELLER!
BITTE FEST KLOPFEN!!!
KLINGEL KAPUTT!!!
DANKE

BLUMEN
B & B
BESTENS BEDIENT

Wiener Plakate, Aufschriften, Annoncen etc. (4)

GREGOR GSCHLENK
Hafner und Fliesenlegermeister

Stand up against white silence ignorance murder

Günstig
abzugeben
Kratzbaum ohne
Katze
€ 10,-

ICH BREMSE AUCH
FÜR BASILISKEN

L.E.O
Letztes erfreuliches Operntheater
Vorschau September
Fräulein Ganslbrust
oder
Die große Ausstattungsjahrhundertrevue

GLOBALE !
MACHT
GEGEN
ARME

THEATER
OHNE
BODEN
STUDIO 11

Wiener Plakate, Aufschriften, Annoncen etc. (5)

ELEKTRO MOTORE
A. GÖNNER GERÄTE

Schwarz-weißer, stubenreiner und sehr
zutraulicher, charmanter, ca ljähriger
KATER
sucht sein Herrchen/Frauchen
Telnr. 0650/325 4154

APOTHEKE ZUR MARIAZELL

Die Girls aus der Bergheidegasse
sind ja soooo „GEIL"!!!
DANKE!

BEZEUGT GOTTES LIEBE!

Weihrauch
und
Kohle

ERST STIRBT DER WALD
DANN STIRBT DER MENSCH
NATURFEINDE
SIND ZU BLÖD

SONNE
IM
TOPF
€ 2.85

Wiener Plakate, Aufschriften, Annoncen etc. (6)

SUBUD
ÖSTERREICH
Mezzanin
TÜR 51

ERDE

DAS NIVEAU EINER
NATION ERKENNT
MAN DARAN WIE
SIE MIT IHREN TIEREN
UMGEHT

WOHNTRAKT
„JOHANNA WEISS“
DES BERUFSVERBANDES WIEN
CHRISTL. ARBEITNEHMER
IM HAUSWIRTSCHAFTL. DIENST
ERBAUT 1962-1964 UNTER
BUNDESLEITERIN K. NEUMAYER
U. RECHTSKON. SEKTIONSCHEF DR. F. LATZKA

Betten-Dörr
... wir bringen ganz Wien zum träumen

BAU- GALANTERIE u. NIROSPENGLEREI
AUGUST HAUNZWICKL

ENDE MURL
∩ ∩

Sehr geehrte Fahrgäste, aufgrund des Vorderzuges kommt es zu einem kurzen Aufenthalt.

Witzig! ... Hintermayer ... Niedermayer...

Der rennt fünf Minuten voran, und i geh in a G'schäft eini;
da kann i glei' alla' geh!

Das Thema ist bei uns: Die Arten der Rede ...
Ruhmrede, Dankrede, Bestattungsrede.

Was is'n da passiert? Das is ja ganz verwurschtiwurschtit!

Bitte, jetzt fahrt a anderer 9A vorbei – sehr interessant!

Das brauchst genau so viel wie einen Kropf.
Was ist das?
Ein Geschwür.

Zweitens: Da Georgie woa ja a net ohne!

Mr. President ... eines Tages kommt Jesus ...
ihr könnt mich nur töten ... viel Spass!

Da treffen se se irgendwo in a Garage und reden über Autos,
und da hat's eh kaum Sinn, dass i mitkumm'!

Ja, ja, hier ist die blöde Gretl.

Schülertouristen sind die größten Faschisten!

Ja, jetzt im Moment giaßt's wie in Schaffeln, baba!

Sehr geehrte Fahrgäste, wegen Bauarbeiten ist die Linie U2 bis am 28. Februar eingestellt.

Hob i dir scho dazöh't, dass da Hanse neman Klaus-Jürgen Wussow g'sessn is?

Entschuidigung, wo is'n da da g'schissene Mc Donalds?

Wiedersehen! Wenns D'wieder normal bist, kannst wieder kommen.

Ich werfe meine Hausübung weg.

Du hätt'st Kasten genug.
Ja, ja, nur sind sie verstellt.
Na, ang'ra'mt.

Zwa Frauen san des, de habn a Kind. De san Lektoren. Was sand'n Lektoren?

Hast g'lesn in da Ganzen Woche, wann de Wöd untergeht? 2012!

Und dann wünsch i da wos aufs Gnack, du Sau, du dreckige ... du Sittenhur', du dreckige!

Ich geh Richtung Extrawurstsemmel.

Solang unten des aussegeht, was ma ob'n eineschiabt, solang tät i scho' gern lebn.

ZUR ERINNERUNG
AN ÖSTERREICHS GROSSEN
MEISTER DER BIENENZUCHT
J.M. FREIHERRN v. EHRENFELS
1767–1843
VOM BIENENZÜCHTER VEREINE
IN WIEN
9. MÄRZ 1893

In diesem Hause wirkte
der grosse Künstler
FRITZ GRÜNBAUM
*7.4.1880 †20.4.1940
Er war ein guter Österreicher
und hat für dieses Bekenntnis
im Konzentrationslager
den Tod gefunden.
Er wollte in seiner
Menschenliebe
nicht an das Grauen glauben
dem er dann selbst zum Opfer fiel.
K.Z.Gemeinschaft Lagergemeinschaft
Dachau Buchenwald

STIFTUNGSHAUS gewidmet dem
WIENER BÜRGERSPITALFONDE
von EDUARD BÖHM
gestorben am 19. Juli 1870
und MARIE BÖHM
gestorben am 12. Juni 1891

Feu-rige WienerInnen 03/04/05

Feuer
Feuerbach
Feuereis
Feuereisen
Feuereisl
Feuerfeil
Feuerfell
Feuerhalle-Fredi's
Feuerhuber
Feuermann
Feuerpfeil
Feuersänger
Feuerstein
Feuerwehr Wagner GesmbH
Feuerwerk
Feuerwerk Mühl & Co
Feugier
Feurer
Feuring
Feurstein
Feusch
Feuser
Feutl
Feuz

Albanien – postfrisch
Nr. 2135-2136
Michel 200,-- € 120,--

Deutsches Reich – postfrisch
Nr. 669-670 ANK 60,-- € 40,--

Deutschland – besetzte Gebiete
gestempelt – nur kompletter Satz
ANK ca. 180,-- nur € 110,--

Hitlerkarten € 75,--

Österreich – 10,-- Dr.Dollfuß
postfrisch – Luxus
ANK 1500,-- € 1000,--

Luxemburg 1956 **
Europamitläufer
ANK 89,-- € 60,--

CSSR-Trachten – postfrisch
Komplett € 85,--

Sowjetunion – Nr. 3942 II
Todesjahr falsch „1964"
Michel 27,-- € 18,--

Kleinwalsertal mit Ergänzungsmarke
auf Brief (03.03. 2003!) € 22,--

Wiener Plakate, Aufschriften, Annoncen etc. (7)

Babylon Brautmoden

NAZI UND NIGGER RAUS!!!

KLISCHEE ANSTALT
    NOWACK
    Im Hof rechts

TEILZEIT
20 WOCHEN-
STUNDEN
GESUCHT

Ihre Bekleidung hat die Aufgabe
→Sie zu wärmen,
→Sie vor jeder Art von Witterung zu schützen,
→Sie modisch anzuziehen und
→Sie wohlfühlen zu lassen. Und ich muß
→Sie nun sicher nicht mehr davon überzeugen, daß Sie nur
BEI EINEM FACHMANN RICHTIG SIND

SNUCKI
1 LOVE YOU
4-EVER

O͓̽IDA

WIENER
GEFLECHT

Wiener Plakate, Aufschriften, Annoncen etc. (8)

MPZ
MÜLLPRESSZENTRALE
7. Stock Tür 56

LEDER PELZE
ab € 50,-
EISKALT REDUZIERT

PRIVATZIMMER
Hiroko Schubert
2. Stock

Reisebüro Überdrübär
Wir machen (gute) Reisen preiswert

An d. EINSAMEN HAUSFRAUEN!
Bin 17 J. und geil

AROMA
WICKEL
KOMPLETT SET

SCHLUSS MIT ALMOSEN
FÜR FLÜCHTLINGE
UND OBDACHLOSE
GELD HER, STAAT!

ZWERG-PINSCHER
GEIMPFT u. ENTWURMT

Wiener Plakate, Aufschriften, Annoncen etc. (9)

PEEP TEMPEL
Diskreter Seiteneingang

Der Frühling ist da!
Fühlen Sie sich in unserer Kuschelbettwäsche wie im Frühling

DIE
CHRISTENGEMEINSCHAFT
2. STIEGE PARTERRE

ASYL	ASYL	ASYL
NEGER	NEGER	NEGER
DROGEN	DROGEN	DROGEN

Auch dieses Haus wird betreut
von ihrem Kammerjäger
ESOL JÄGER
Schädlingsbekämpfung
Himmelhofgasse 48
1130 Wien

Schlappohrkaninchen 10 Wo alt,
Sucht neues, verantwortungsvolles Heim

ich liebe dich
(über alles!)
(v. mettem für! ba!)

WIDERSTAND?
am WÜRSTLSTAND!!!

Wiener Plakate, Aufschriften, Annoncen etc. (10)

FUSSPFLEGE
in der THEERGASSE 6

KURS
OCCH MIT DER NADEL!
Di.: 30.3.
9^{h} – ca 11^{h}
Kursbeitrag € 7,-
Bitte anmelden

TSCHUSCHEN POWER

Schlupf Hosen
Hosen – kurz gestellt
Hosen – schlanke Schenkel

✝
Institut für Religion & Frieden
beim Militärbischofamt
1. STOCK RECHTS

JUWELEN
Gottesheim

WIR ENTWACKELN
IHREN SESSEL

REINIGUNG HÄLT
KLEIDUNG JUNG

(KURIER-)Parkbänke Schönbrunn. Widmungen (1)

ALLEN TRÄUMERN
UND VERWEILERN
VON EDELTRAUDE

BIBL: INITIATIVE ED. ROESNER
Ungetrennt ist der Schatten
Christine BUSTA

ALTE LIEBE ROSTET NICHT
FAMILIEN BENEDIK
EDMONTON – GENF – WIEN

„PIPI“ CHRISTMANN
DU WOARST A SCHURL,
SOG'N DEINE BAUM

TO FREDERIC
THANK YOU FOR MAKING
MY LIFE SO WONDERFUL
– I LOVE YOU –
FOREVER, NINA

Nehmen Sie Platz und atmen Sie ruhig!
Diese Bank enttäuscht Sie nicht!
Erwin Steinhauer

EHRENBANK für ÖR Dr. C. Konrad
gewidmet
DIE RÜBENBAUERN

Wiener Autokennzeichen. 2004/05

W FLOTT 4
W VESPA 2
W EULEN 3
W 504 BU
W POHL 2
W PFA 1
W CHAMP 3
W PAZI 1
W TRAIN 2
W KORK 1
W ALEKS 3
W ISICO 2
W TANZ 3
W LIXL 1
W OEL 149
HANNES
W GEMMO 1
W RUSS 2
W RUSS 5
W CCCP 45
W BUNNY 3
W MIKI 77
W JUVE 1
W MAM 14
W 1666
W KNOX 1
W ELAN 2
W OHIO 1
W LILA 2
W BL157AU

(Telefon)Kontakte & Clubmassagen. KURIER, 21.4.2005. Auswahl

Reife Riesenmelonen, Privat!
NEUERÖFFNUNG! TopKorea!
SÜSSE NEUNZEHN! I am from Austria!
WWW.6DEVILS.AT
GUMMIDOMINA deluxe!
TRANSSEXAMAZONE.
WWWAESCORT.AT RIESENAUSWAHL! Durchgehend!
BERÜHRBARE Kliniklady,
WWW.40PLUS.CC
SINNLICH!
AUSGELIEFERT bei Andrea!
FREITAGS Natur-S.-Quellen.
GRATISSEX www.multisex.at
STIEFELHERRIN
JUNGE, zärtliche Anfängerin, läßt sich
AUCH von Dir verwöhnen!
SUPERSEXBOMBE!
SOFORTSEXTREFF
MEGABUSENWUNDER
GEHORSAM
ENERGIETEMPEL, Happy Hour, 12.00-16.00
1. BEZIRK!
NEUERÖFFNUNG! Japanprinzessinen, Floridsdorf.
ASIASCHÖNHEIT!
JAPANTRAUM!
TRAUM Busenmassage!
KNACKIGE 40
KURVIGER XXL-Traum!
NATASCHA! Einzigartig, unartig!
www.sauna-royal.com

Wiener Mundartausdrücke. Mix (1)

Buttabrodkhechchin
Grobmnim(p)fm
Grepsnfangarin
Browiamamsö
Nóckalakwarium
Schnéidakhuarásch
Hemadhusá
Gniabuara
Gasdrüla
Rotsskhochcha
Dsutschkal
Lamadiabludsa
Agádsischdickl
Khisdnschinda
Glang(l)anét
Laushutschndokda
Glotssnbecha
Begleisnschenheid
Dramweignediche
Sodaliske
Eschdandsgrippe
Auwédl
Simandl
Oaschaufdread
Fuadsimabindsch
Dölaschlecka
Schissalgreissla
Schmutssian
Khoschbawogla
Schbodsngschdö

Pf-Namen. Wien 2005. Auswahl

Pfaab Pfab Pfabigan Pfaehler
Pfaffel Pfaffenwimmer Pfaffstaller Pfaller
Pfalz Pfalz-Schwingenschlögl Pfandl Pfann
Pfannenstiel Pfannenstill Pfannstiel Pfanzagl
Pfarr Pfau Pfaundler Pfaundler-Wu
Pfaunz Pfautsch Pfeffer Pfefferl
Pfefferle Pfeffermann Pfeifenstein Pfeiffer
Pfeiffer-Uitz Pfeiffer-Vogl Pfeiffermann Pfeiffle
Pfeifhofer Pfeifs Pfeil Pfeiler
Pfeilstöcker Pfemeter Pfendesack Pfendesak
Pfenghansl Pfeningbauer Pfennigwerth Pfersche
Pferscher Pferschy Pfetzing Pfiel
Pfifferling Pfiffig
Pfiffl Pfingster Pfingstgraef Pfingstgräf
Pfingstl Pfingstl-Schabsky Pfingstner Pfirstinger
Pfister-Truxa Pfisterer Pfistinger Pfiter
Pfitscher Pflagner Pflamm Pflaum
Pflaumer Pflegerl
Pfleghar Pflegpeter
Pfligl Pflock Pflögel Pflug
Pflugbeil Pflughaupt
Pfneisel Pfneissl
Pfneudl Pfnier
Pfob Pfoff Pfohl Pfolz
Pföss Pfrendl
Pfreundschich Pfriemer
Pfrogner Pfrogner-de Zen-Querini Pfudl
Pfund Pfundbauer Pfundheller Pfungen
Pfusterschmied Pfündl
Pfützner Pfyi

h-Town
Outpoint

SPEZIALSCHNEIDEREI BIOPUTZEREI ÜBERNAHME

?
~~NEGEA RAUS~~

AKTION!
Feuchtraumbalken
nur € 28,-

TV

HIP
HOP

Zum Lehrlingstest

TANYA ICH LIEBE DICH
LEO

„SETUP“

Bruckner
Der Komponist für Fenster und Türen

 Scheiß NAZIS!

INSTITUT HERRICHT
GYMNASTIK SAUNA MASSAGE
SCHLANKHEITSBEHANDLUNGEN
KOSMETIK 1. STOCK

Wahnsinn, alles Mauer! Mauer Mauer Mauer.

Der Steirer sagt, wenn man zurückgehen sagt, arschlings gehen.

Wieviele Augen hast du? Zwei.
Wieviele Hände hast du? Viele.

Wenn du wieder gesund bist mit deinem Bauch,
dann können wir wieder zu McDonald gehen.

Oiso, i muaß ganz ehrlich sagn, mit dem Papst hab i ka Freud.

Ich heiße Matthäus, -thäus, -thäus!

I nimm öf Buifa, i bin scho ganz vatrottlt.

Wos haßt, i wü dei Essn net und mochd a Wuaschbrod.
Wia kumd a siebnjährigs Kind dazua!?

I geh dann zum Walfisch und hau ma a Kriagl ins Gnack.

Was duasd in da Längenfö'dgassn? Hosd an Gehirntumor oda was?!

Na trashig, heftig!

I hob ghead, Sie warn im Spital. Und was habn S'ghabt?
De Mauer hob i abusselt.

Seit wann habn ma nur die erste Tür? Zug fährt ab!

Wiener Geschäftsschilder (1)

Prjek Hüte

LILLY MODEN

THOMAS JEANS

ATLANTICHAUS

KEINE FILIALEN

KATZE & KATER

Rositta

Laks

vor dem ersten Hof rechts
die kunst sich zu kleiden
Stoffwerk

Tabak &
Pfeifenstube

PAPIER
HAFEN
H & G
SEELKE

MÄNNERSACHE

Wäscheflott

Wiener Schmankerliaden (1)

HEUTE
Gratis
Gulasch
VERKOSTUNG
12.30 bis 18

DIE EDELPUTE
IST DIE GUTE

MENÜ
KNÖDEL MIT EI
                SALAL
                € 3.90

Stelzen
      Schnapsen
Der Sieger bekommt 1 Stelze,
der Verlierer a' Haxn

€ 4.50
Menü I mit Suppe
      Fruchtknödel
   in Butterbrösel

TAGES-HIT
Quargel
Cordon bleu
mit
Salat
           € 7.50

Wiener Plakate, Aufschriften, Annoncen etc. (12)

KAFFE- UND TEE- VERBAND

FRANZ
GRILLPARZER
WIRKTE
1832–1856
ALS
DIREKTOR
DES HOFKAMMER-
ARCHIVS

„beim Hugo“

Gasthaus Topf

SCHANKHILFE
MIT SERVIERKENNTNISSE GESUCHT

ACHTUNG
HIER WERDEN
SIE
FREUNDLICH
EMPFANGEN
Michael u.
Nadja

Fa INGENIUS
NACH
HAUSTOR

Quergeflötet. Wr. Musikkritiken. Auswahl (1)

Wer mit der Bestie Mainstream das Lager teilt, soll sich auch zu den Flöhen bekennen, mit denen er aufwacht.

Das reicht allenfalls für Heavy Rotation im Supermarktradio.

Der Liederabend ist gründlich misslungen. Ab in die Oper.

Als Oper ist es ein Fall für die kompositorische Intensivstation.

Cech hat Claudio Monteverdi übermalt, hat sich auch selbst übermalt, indem er gegensätzliche Musiken übereinander geschichtet hat.

Die Zweitplazierte, Rui Rui Wu, stammte aus China und ließ einen ungemein beweglichen, treffsicheren Koloratursopran hören.

Dem Auge boten die drei Herren herzlich wenig. Überraschend weit auseinander stehend schlugen sie mit leicht verhärmter Miene die Pflöcke ihres Soundzeltes an den jeweiligen Enden der Bühne ein.

Im Mittelsatz ließ der Russe gerade beim resignativen Eröffnungsthema singende Einfachheit missen und füsilierte mit seinen zahlreichen Miniattacken an fast jedem Ton des Themas dessen zarten improvisatorischen Fluss.

Helena … gab dazu mit vier Tänzern eine kleine Actioneinlage, deren Höhepunkt darin bestand, dass sie einen der vier sie umtänzelnden Lustknaben zu Boden beförderte, ihm die Hosenträger lang zog und den so gespannten Gummi mit einem Geigenbogen strich.

Wiener Plakate, Aufschriften, Annoncen etc. (13)

Blusen, Röcke,
Zweiteiler
nur
€ 1,-/Stück

recreate your
visions

FUCK
HARE-KRISHNA

Ich bin ein
freundlicher
Wiener

Das lachende
DACH

PAT

VORSICHT!
KAMPFKATZE!

CYPERN
GRAS
EINGETROFFEN

ÖIV
Österr. Islandpferde Vereinigung
3. Stock

Wiener Geschäftsschilder (2)

Phy
FRISIERSALON

ZOO Amadeus

Einbrennlackierungen

Peak Performance

Kaiser Stuck

Flowery Field Die etwas andere
Blumenhandlung

SULTAN MOBILYA

KATZENWELT
wohnen mit Katzen

Fuchs & Schaden

Annemarie's

Schmuck von gestern und morgen

süsses Mädel

ALTES
&
MEHR

Sehr geehrte Damen und Herren!
In der Urlaubszeit, ist das Geschäft unregelmäßig geöffnet.
Bitte um Verständniß.

Meine Katze ist entlaufen! Das letzte mal wurde sie im
Augarten gesehen! Es wäre wirklich nett
wenn Sie bei der suche, helfen. Sie heißt Tipsi ist 1 Jahr alt.
Sie ist schwarz und leicht getigert. Ihre Augenfarbe ist Gelb.
Auf der Brust hat sie einen weißen Haarbüschel.
Das letzte mal wurde sie am Freitag 13.05.05
(am Tag ihres Verschwindens) im Augarten gesehen.
PS.: Sie hört auf ihren Namen Tipsi.

FRISCH
GEZAPFT
BEI 2 BIER
DAS 3. BIER GRATIS!!!

Nicht Farschein kaufen du Aschloch, hurn
kind.
Türkei ist die beste
? (◆

DIE TÜRSCHNALLE NACH
UNTEN DRÜCKEN UND
DANACH DIE TÜR FEST
NACH INNEN ÖFFNEN

Ich bin heute früher aufgestanden. Es ist so arg irgendwo.
Ich möcht' das jetzt öfter machen.

Verständnisvoll handeln können andre Tiere auch, aber
einsichtig san nur die Aff'n.

Willst zu mir kommen? Mein Zimmer ist wieder anders.
Ich stell's jeden Monat um.

Bei Fritz hab i immer g'sagt, er schließt sein Schneckenhaus
und verkriecht sich.

Nächste steig i aus. Und dann fahr i bis Hundertwasserhaus.
Hundertwasserhaus.

Hättst as owa a vorn steh' lassn kena, du Oaschal!

Nein!! Ein Liptauerbrot. Ein Liptauerbrot!

I glaub, i wer' bis an mei' Lebnsende Kamü'ntee trink'n.

Ja mei, Freifrau von Truchsess und Herr von Truchsess,
wie geht's?

Ich hass' dieses Kleingeld, sag ich Ihnen!

Woin S'an Mist?

I kum von Urlaub, i kann des net riachn, es Oasch!

Im Prinzip sind wir alle Hoppelhasen. Stimmt!

(KURIER-)Parkbänke Schönbrunn. Widmungen (2)

DU KOMMST ALS FREMDER
UND GEHST ALS FREMDER
VON M.& W. GÖTZ

PROF. LUDWIG ZACK
BP KOLPING ÖSTERREICH
PIONIER UND VISIONÄR

GESPENDET VON
GERTRUD KLEIN
Zum angenehmen Verweilen

LIEBER WALTER:
ZUM 50er ALLES GUTE!
I LOVE YOU, BUSSI ZITA

ALLES HAT SEINE STUNDE
ZEIT ZUM RASTEN
WÜNSCHT MARIA

VON UNS
FÜR EUCH
TRUDE-KAMILLA-CHRISTA

FÜR SUSI UND WERNER
ZUR „SILBERNEN“

„BIBI“
GELIEBT GEJAGT UND
UNVERGESSEN

Franz
Schwaller
Halbstock

„HERRENDÜFTE“
statt
24,6 10,-

SPIELPLATZ
MARILLENALM
Auf diesem Gelände befand sich
im 19. Jh. das „Vergnügungsetablissement Tivoli“.
1979 wurde die Fläche erstmals
als öffentliche Parkanlage gestaltet,
am 18. Juni 2001 als großer Spielplatz eröffnet.
Volkstümliche Benennung nach den früher
hier zahlreichen Marillenbäumen.

LESBISCHES PAAR
GESUCHT?

TANZSCHULE
Stollhof
Die Tanzschule zum Wohlfühlen
Freizeit-Tanzen

I ❤ JULIA
4-ever

2 PERSONEN JE ETAGE

Wiener Geschäftsschilder (3)

OKE
BAUERNLADEN

GESCHENKS GEWÖLBE

Plachenshop
POTZMANN

DER
Friseur
DAME

Wiener Ansichtskarten Zentrale

Netz

„zum Gottfried“

Wiener Füllfeder Werkstätte

ZAUBER-KLINGL
ERSTE WIENER
ZAUBER-APPARATE-NIEDERLAGE

PERLEN FLITTER

Der
Puppendoktor

Kunterbuch

Grafitti. U4-Station Meidling Hauptstraße. 2005

EUROPA FÜR WEISSE
AFRIKA FÜR AFFEN
STE¢KT DIE AFFEN IN EIM
KLO UND SPÜLT$ SIE WEG

TPS
TECHNI₲ PERSONAL SERVICE

I HATE LOVE

BIMI mein Schatz

GINA
DU BRENNST

DER <u>FRIEDE</u> DIE <u>RUHE</u> UND <u>ZUFRIEDENHEIT</u>
SEI MIT EUCH!

LISI WAS HERE!
WANN.

INS BETT MIT DIR
DU KLEINE VAMPIRBESCHWÖRER?

GARDEMUSIK
WAR HIER

HALLO!WIEN
Wer hat das geschrieben?
Welcher Türke kann da schon
<u>wieder nicht deutsch?</u>

O-Namen. Wien 2004/2005. Auswahl

Oben
Obenaus
Obendrauf
Ober
Obererlacher
Obergottsberger
Oberjakober
Obertimpfler
Obertümpfler
Ochs
Ochse
Ochsenkühn
Oder
Oesterreich
Oesterreicher
Offen
Oh
Ohmann
Ohnemus
Ohnesorgen
Ohnewas
Ohnmacht
Ohr
Ohrfandl
Ok
Opfer
Opfergeld
Opferkuch
Opferkuh
Ott

Wiener Plakate, Aufschriften, Annoncen etc. (16)

Werte Kunden
Nun ist es soweit, wir übersiedeln
nach
GETREIDEMARKT 13
gleich 2mal um die Ecke

GELD-BÖRSEN
FÜR
KELLNER IM
GESCHÄFT!

KRIPPE KINDERGARTEN HORT
SPATZENNEST
INTERNATIONAL PRIVATE NURSERY AND CRAWL
GROUPS

Dieser Zierkirschenbaum
ist ein Symbol der Freundschaft
zwischen dem japanischen Gifn
und dessen Schwesterstadt Meidling
2. Mai 1996

FÜR DIE MÜLLABFUHR
BITTE DEM
PORTIER
MELDEN!

Wir haben das Schuljahr geschafft!!!

Aus Mit Lustig!

Seltsame Namen. Wien (2)

Alois Schneebalg
Johannes Paul Heilig
Kenngott Christian
Jewel Islam
Rückenstuhl Doris
Junghanz Franz
Martina Ehm-Schöninklee
Willie De Pimp
Winfried Dämon
Dea Delfin
Evelyn Dechant-Tucheslau
Edgar von Herz
Eva Ekemhankhomhen
Franz Soul
Marion Dänemark
Botho von Hülsen
Susanne Eisenzopf
Hackstock Gutta
Iris Grasmuk
Gugumuck Walter
Glax-Glax Josef
Pimpi Heinz
Fidlschuster Alois
Hui Du
Muckensturm Martha
Schmal-Filius Dietger
Florentina Haksklotz
Grünstäudl Rosa
Silvia De Prophetis
Ferdinand Gschrei

(KURIER-)Parkbänke Schönbrunn. Widmungen (3)

Liebe Grüße an meine Patienten
Dr. med. univ. et dent.
Petra Wittmann Grabherr

DANKBARKEIT IST DAS
GEDÄCHTNIS DES HERZENS
Den Stiftern von Schönbrunn S.B.

IN UNS IST ALLES!
SCHÖNE STUNDEN WÜNSCHT
ELFRIEDE KONDOR

BIBLIOTHEKSINITIATIVEN WIEN
Moos auf den Steinen
Gerhard Fritsch

MANCHE HABEN UHREN
UND MANCHE ZEIT
KURT F. SVATEK

SCHÖNE MOMENTE
IN DER NATUR WÜNSCHT
WOLF BERGSTRASSE

Die Liebe hat niemals ein Ende
1. Kor. 13
Ronald Lugerbauer

BIBL. INITIATIVE ED. ROESNER
Unser gemeinsames Ziel: Ein gutes Buch

Wiener Autokennzeichen 2004/5 (2)

W FOX 1
W AUDIT 3
W OUZO 44
W ANNO 83
W GRADO 1
W MINI 50
W CONTO 2
W SILVI 7
W POIDL 1
W DACH 26
W FIRST 1
W HUNDE 1
W FOOS 1
W CROWN 1
W WURZL 1
W AWI 11
W GUY 1
W PEARS 1
W NEMU 1
W RIMIX 1
W VULPI 1
W NIKE 21
W ILLI 22
W ILL 87
W SRKI 7
W INTEL 2
W GILG 1
W LEXI 6
W ROUGE 1
W NIGHT 2

BONBONS. Neubaugasse 18. Schaufenster. Auswahl

Saure
Spalten
10 dag € 1.-

Polnische Karamellen
10 dag € 0.80

Seiden Kaffee
10 dag € 1.20

Kieselsteine
10 dag € 1.50

Negergeld
10 dag € 0.90

Deutschmeister
10 dag € 1.-

Holland Herzen
10 dag € 0.90

Glühwein Zuckerl
10 dag € 1.20

Lakritz Tiere
10 dag € 0.90

Frit
10 dag € 1.10

Dass es den Pianisten Daniel Barenboim zu Beethoven zieht, ist richtig und falsch zugleich.

Wie immer auf Darmsaiten unterwegs, boten
Quatuor mosaïques einen konzentrierten und
schlanken, trotzdem aber hochspannenden Beethoven.

Von vorne dröhnt ein auf Hochtouren laufendes Riesenorchester, die Orgel gibt alles, Chöre schmettern von links, von rechts und von oben, und von hinten bläst einem noch das Fernorchester in den schutzlosen Nacken.

Seine Liederabende dauern gefühlte zehn Minuten, und danach ist man dafür reale zehn Tage glücklich. Es ist nicht einfach Gesang. Eigentlich strömt aus Michael Schades Mund ein Strahl aus Gold.

Umgeben von delikaten Instrumenten wie einer Hammondorgel, einer Marimba, einem Daumenklavier und einer Melodika hackte die attraktive Brünette auf sehr mädchenhafte Art überraschend raue Riffs aus der übergroßen Gitarre. Kontrapunktisch dazu floss fragiler wie warmer Honig ins tief platzierte Mikrofon.

Legrand aber bewies, dass man weiter gehen und sogar ohne Stimme berührend schön singen kann.

Während seine Glatze von Tochter oder Sohn immer wieder sanft vom Schweiß befreit wird, küsst Burke Rosen und wirft sie ins Publikum. Später sind auch CDs dabei.

Der Brillen-Elvis singt tatsächlich den Koteletten-Elvis!

Wiener Geschäftsschilder (4)

FILZFAKTOR!

Ramsch
  & Rosen

Sammlerträume

*shu*de*pot!*

FIRMANN'S BAUERNKÖRBERL

STUDIO NULL

Modische Accessoires

TanzSportklub
MODENA-WIEN
Tanzen Sie mal an!

Kaiserbründl
Espresso
Sauna

Maria
WIDALM-WIDALM
STAND No 546-547   GEGR. 1895   Tel: 5877127

StubenringMoving

RAUMINHALT

Wiener Plakate, Aufschriften, Annoncen etc. (17)

EINGANG
FÜR MASCHENMODE
NEBEN
OPTIKER

Windeln
Brrrr...
Nein
Danke
Tierquälerei
per
Gesetz!

SCHWAB HAT
DIABETES

Solange es noch Rassismus gibt
hat jedes Kind die Chance
zur Welt zu kommen.
??Wie darf ich das verstehen??
Ganz einfach: gegen die
menschliche Dummheit
ist kein Kraut gewachsen.

SÄCKL TRANSBAU
GES.M.B.H.
BAGGERN & BAU'N
AUF ENGSTEM RAUM

BIRDS